Small
Things
Like
These

像这样的小事

Claire Keegan

〔爱尔兰〕克莱尔·吉根 著

马爱农 译

著作权合同登记号　图字 01-2022-5479

Claire Keegan
Small Things Like These

Copyright © 2021 by CLAIRE KEEGAN
This edition arranged with Curtis Brown Limited
through Big Apple Agency.
Simplified Chinese edition copyright
© 2023 Shanghai 99 Reader's Culture Co. Ltd
All rights reserved.

图书在版编目(CIP)数据

像这样的小事/(爱尔兰)克莱尔·吉根著;马爱农译.—北京:人民文学出版社,2023
ISBN 978-7-02-017961-9

Ⅰ.①像… Ⅱ.①克… ②马… Ⅲ.①中篇小说-爱尔兰-现代 Ⅳ.①I562.45

中国国家版本馆 CIP 数据核字(2023)第 070077 号

责任编辑	朱卫净　欧雪勤
封面设计	钱　珺

出版发行	人民文学出版社
社　　址	北京市朝内大街 166 号
邮政编码	100705
印　　制	凸版艺彩(东莞)印刷有限公司
经　　销	全国新华书店等
字　　数	42 千字
开　　本	787 毫米×1092 毫米　1/32
印　　张	3.75
版　　次	2023 年 6 月北京第 1 版
印　　次	2023 年 6 月第 1 次印刷
书　　号	978-7-02-017961-9
定　　价	50.00 元

如有印装质量问题,请与本社图书销售中心调换。电话:010 - 65233595

本故事献给在爱尔兰的母婴之家和抹大拉洗衣房遭受苦难的妇女和儿童。

同时献给玛丽·麦凯老师。

"爱尔兰共和国有权获得并在此要求每个爱尔兰男人和女人的效忠。共和国保证所有公民的宗教和公民自由、平等权利和平等机会,并宣布决心追求整个国家及其所有地区的幸福和繁荣,平等地珍惜国家的所有儿童。"

摘自一九一六年《爱尔兰共和国宣言》

一

十月，树叶泛黄。时钟又往回拨了一小时，十一月的长风刮进来，把树刮得光秃秃的。在新罗斯镇①，烟囱吐出的烟袅袅飘散，变成一缕缕毛茸茸的长线，沿着码头散开。很快，雨水使黑黢黢的巴罗河②水涨了起来。

大多数人都愁苦地忍受着这样的天气：店主和商人，在邮局和救济摊前排队的男人女人，集市、咖啡店、超市、游戏厅、酒吧和薯条店里的人，都用自己的方式评论着这场严

---

① 爱尔兰东南部城镇。
② 爱尔兰中部河流，源出斯利弗·布卢姆山，东南流至沃特福德港与诺尔河和舒尔河汇合。

寒和降雨，问是怎么回事——是不是有什么原因——谁能相信呢，竟然又是一个冻死人的日子？孩子们拉起兜帽，迎着风走去学校，他们的母亲，早已习惯了低下头跑向晒衣绳，或根本不敢把任何东西晾在外面，几乎不指望能在傍晚前收到哪怕一件干衬衫。接着，夜幕降临，霜冻再次来袭，冷风从门缝下钻进来，冻坏了那几个还跪着念祷告的人的膝盖。

在下面的院子里，经营煤和木材的商人比尔·弗隆搓着双手，说照这样下去，他们的卡车很快就需要换一套新轮胎了。

"从早到晚在路上跑，"他对手下的工人说，"眼看轮胎就要被磨光了。"

这是真的：一位顾客刚离开煤场，另一位就接踵而至，或者电话铃就响了起来——几乎人人都说必须马上或尽快送货，不能拖到下星期。

弗隆出售煤炭、泥炭、无烟煤、松木和原木。货物按英担①、半英担、整吨或整卡车定购。他还出售成包的煤球、引火物和瓶装天然气。煤是最脏的营生，冬天每个月都要在码头附近收货。工人们要花整整两天时间收集、搬运、分拣货物，然后把它们运回煤场。这个时候，来自波兰和俄罗斯的水手在镇上走来走去，成为一道新的风景线，他们戴着皮帽，穿着带纽扣的长大衣，几乎不会说英语。

在这样繁忙的旺季，弗隆自己承担了大部分的送货工作，让工人们打包下一批订单，把农民们运来的木柴劈砍成小块。整个上午都听到锯子和铁锹响个不停，中午，祈祷钟声响起的时候，工人们放下工具，洗去手上的污垢，走到基欧酒家，吃一顿热腾腾的午

---

① 英担，重量单位，在英国相当于112磅或50.8公斤。

餐，有汤，星期五还有炸鱼配薯条。

"空袋子站不住。"基欧太太喜欢这么说，她站在新开的自助餐柜台后面，把肉切成薄片，用长长的金属勺把蔬菜和土豆泥舀出来。

男人们高兴地坐下，让身体暖和起来，吃饱喝足，然后抽一支烟，又去应对户外的严寒。

二

弗隆是白手起家。有人会说他比白手起家还要艰难。他母亲十六岁那年,在给威尔逊夫人当女佣时有了身孕。威尔逊夫人是一位新教徒寡妇,住在小镇几英里外的一座大房子里。弗隆母亲的事情败露后,她的家人明确表示要跟她撇清关系,但威尔逊夫人没有辞退她,而是让她留下来,继续做工。弗隆出生的那天早上,是威尔逊夫人把他母亲送进医院,后来又把母子俩接回了家。那是一九四六年四月一日,有人说这男孩将来准是个傻瓜。

弗隆的童年,主要是在威尔逊夫人家厨

房的一个婴儿摇篮里度过的,然后他被放在梳妆台旁的大婴儿车里,不让他够到那些蓝色的长罐子。他最早的记忆是那些餐盘,黑黑的一长排——烫!烫!——还有地上锃亮的方形瓷砖,有两种颜色,他在上面先是爬,再是走,后来学会把瓷砖当作跳棋盘,上面的棋子要么跳过别的棋子,要么被吃掉。

威尔逊夫人没有自己的孩子,在弗隆的成长过程中,她把他置于自己的羽翼下,分派他干点小活,资助他读书。她有一间小藏书室。她似乎并不怎么在乎别人的评价,只是有条不紊地过着自己的日子,靠丈夫在战争中丧生获得的抚恤金,以及那一小群精心照料的海福特牛和切维厄特绵羊带来的收入维持生活。农场工人内德也住在家里,房子周围有结实的栅栏,管理有方,而且没有欠债,所以很少与周围邻居发生摩擦。在宗教信仰的问题上也没有闹得剑拔弩张,双方的态度都不温不火。星期天,威尔逊夫人只是换了身衣服和鞋子，戴上那顶好帽子，用别针固定，让内德赶车把她送到教堂，然后内德带着那对母子再往前走一点，去小礼拜堂——他们回家后，祈祷书和《圣经》都留在大厅的架子上，等下个星期天或圣日再用。

弗隆上学的时候，别人嘲笑他，用难听的话骂他。有一次他回到家，外套的后背上沾着口水，但他与大房子的关系给了他一定的保护，使他有了回旋余地。后来，他上了两年技校，然后来到煤场，干着跟他如今手下工人差不多的活儿，靠自己的努力往上爬。他有生意头脑，懂得进退，可靠可信，因为他养成了新教徒的良好习惯；每天早起，不爱喝酒。

现在，他和妻子艾琳，以及他们的五个女儿住在镇上。艾琳在格雷夫斯公司上班时，弗隆认识了她，按部就班地向她求爱，带她去看电影，傍晚一起在纤道上长时间地散步。他被她乌黑油亮的头发、蓝色的眼睛，以及她务实而敏捷的头脑所吸引。他们订婚时，威尔逊夫人给了弗隆几千英镑，让他开始自己的生活。有人说，威尔逊夫人给他钱是因为他的生父是她的一个情人——他的教名不是叫威廉嘛，那可是国王的名字。

弗隆一直没有弄清自己的父亲是谁。母亲猝然去世，有一天她推着一车山楂回家做果冻，却倒在了鹅卵石路上。脑出血，医生们后来诊断。弗隆当时十二岁。几年后，他去登记处要一份出生证明的复印件，在父亲名字那一栏里，只写着"未知"二字。办事员从柜台上方把文件递给他，嘴角扭出一个难看的笑容。

如今，弗隆并不想纠结于过去；他一门心思抚养他的几个女儿，她们和艾琳一样，头发乌黑，皮肤白皙。她们在学校里已经显示出未来可期。长女凯萨琳每个星期六都跟他来到那间简陋的办公室，为了赚些零花钱，帮他整理账簿，把一周的进项归档，并记录大部分账目。琼也很聪明，最近加入了唱诗班。她们俩目前都就读于圣玛格丽特中学。

老三希拉和老四格蕾丝出生只相差十一个月，她们会背乘法口诀表，会做长除法，还能说出爱尔兰每个郡县和每条河流的名字，有时会在厨房的桌子上用记号笔把它们描出来，涂上颜色。她们也喜欢音乐，每个星期二放学后都到修道院去上手风琴课。

最小的女儿洛蕾塔，虽然害羞，不爱与人接触，但她的抄写本上得到了很多金星和银星，她正在阅读伊妮德·布莱顿①的书，她的一幅画还获得了德士古奖，画上是一只胖胖的蓝母鸡在结冰的池塘里滑冰。

有时候，弗隆看着女儿们做着一些分内的小事——跪在小礼拜堂里，或拿到找零后向店主表示感谢——他感到一种深藏着的、隐秘的喜悦：这些孩子是他亲生的。

---

① 伊妮德·布莱顿（Enid Blyton，1897—1968），英国著名的儿童文学家。

"我们真幸运啊!"一天晚上,他在床上对艾琳说,"许多人都穷困潦倒。"

"我们确实幸运。"

"我们钱也不多,"他说,"不过,还是很幸运。"

艾琳慢慢地用手抚平床罩上的一道折痕。"发生了什么事吗?"

他过了一会儿才回答:"米克·辛诺特的小家伙今天又出来了,在路上捡树枝。"

"我想,你停车了吧?"

"天不是在下雨吗?我停住车,让他搭车回家,还把口袋里的零钱给了他。"

"我就猜到。"

"瞧你说的,好像我给了他一百镑似的。"

"他们有些人是自作自受,你知道吧?"

"那肯定不是孩子的问题。"

"辛诺特星期二醉倒在电话亭边。"

"可怜的家伙,"弗隆说,"也不知他得了什么病。"

"他的病就是酗酒。但凡顾及一下家里的孩子,就不会那样鬼混。就会自己振作起来。"

"也许这人做不到。"

"可能吧。"她探过身,叹了口气,关掉灯,"总有一个人会摊上霉运。"

有一些晚上,弗隆和艾琳躺在床上,聊聊这些鸡毛蒜皮的小事。另有一些时候,他搬了一天重物,或者因为爆胎而耽搁,在路上被淋成落汤鸡,回到家后吃饱肚子,早早就上床睡了。夜里醒来,感觉到艾琳在他身边睡得很沉——他躺在那里,脑子里转来转去,烦躁不安,最后,只好下楼去把水壶烧开,沏杯热茶。他手里端着杯子,站在窗前,看着下面的街道,看着他能看到的那段河流,看着那些琐碎小事:流浪狗在垃圾箱里翻找残羹剩饭;薯片袋和空罐头在风吹雨打中滚来滚去;人们从酒吧里出来,跌跌撞撞地走回家。有时,这些脚步踉跄的人会唱上几句;

又有些时候，弗隆会听到尖锐而狂热的口哨声和大笑声，这使他紧张起来。他想象着自己的几个女儿一天天长大成人，走进男人的世界。他已经看到男人的目光在追着他的女儿。他内心的某个角落经常感到紧张；他也不明白是为什么。

弗隆知道，失去一切是世界上最容易的事。他虽然没有冒险走得很远，但也跑了一些地方——他在镇上和乡村道路上见过许多人间惨剧。领取救济金的队伍越来越长，还有一些人付不起供电局的账单，住在跟沙坑一样冰冷的房子里，裹着大衣睡觉。每个月的第一个星期五，妇女们拿着购物袋在邮局门口排起长队，等着领取孩子的津贴。在更远的地方，他知道奶牛被遗弃，哀叫着等人来挤奶，因为照顾它们的那个人突然头脑一热，坐船去了英格兰。一次，一个来自圣马林斯[①]的人搭车到镇上来付账，说他们不得不

---

① 爱尔兰卡洛郡南部巴罗河东岸的一个村庄。

把吉普车卖了,因为他们知道欠了那么多钱,银行要来找他们算账,愁得夜里根本睡不着觉。还有一天清晨,弗隆看到一个小男孩在吃前一晚扔在街上的薯片袋里的碎薯片。

弗隆四处送货时并不喜欢听收音机,但有时会听听新闻。那是一九八五年,年轻人纷纷移民,到伦敦、波士顿、纽约。一个新机场刚刚在诺克启用——豪伊[①]亲自去剪了彩。爱尔兰总理[②]与撒切尔签署了一项关于北方的协议,贝尔法斯特的统一党打着鼓游行,抗议都柏林对他们的事务拥有发言权。科克[③]和凯里[④]的集会人群已经减少,但仍有一些

[①] 查尔斯·豪伊(Charles Haughey, 1925—2006),曾于1979—1981年、1982年、1987—1992年三次担任爱尔兰总理。
[②] 此处指加勒特·菲茨杰拉德(Garret FitzGerald, 1926—2011),1981年6月—1987年3月,连任两届爱尔兰总理。1985年,推动爱尔兰与英国政府签订一份协议,英国承认爱尔兰对北爱尔兰事务拥有正式发言权,为北爱各方1998年签订《星期五和平协定》铺平道路。
[③] 爱尔兰最大的郡。
[④] 位于爱尔兰西南端的一个郡。

人聚集在神龛前,希望其中一个雕像能再次移动。

在新罗斯,造船公司已经关闭,河对岸的大型化肥厂阿尔巴托也经过了数次裁员。班尼特公司解雇了十一名员工,艾琳工作过的那家格雷夫斯公司,从人们有记忆起就一直存在,如今也关门了。拍卖人说现场十分冷清,他就像在把冰块卖给爱斯基摩人。还有花店老板肯尼小姐,她的店就在煤场附近,已经用木板把窗户封上了。一天晚上,她在敲钉子时让弗隆的一个手下帮她扶着胶合板。

时世艰难,但弗隆感到继续奋斗的决心更大了,他要埋头苦干,行得正、走得直,保证供养他的几个女儿,让她们在圣玛格丽特学校继续接受教育,那是镇上唯一一所像样的女子学校。

三

圣诞节即将来临。广场上,一棵漂亮的挪威云杉树已经竖在马槽旁边,马槽上方的耶稣诞生像那年刚粉刷过。也许有人抱怨约瑟的红色和紫色长袍过于艳丽,但圣母玛利亚得到了普遍的认可,她穿着平常的蓝白色衣服,顺从地跪在那里。那头棕色的驴看起来也是一样,守卫着两只熟睡的母羊和那张婴儿床,到了平安夜,小耶稣的雕像会被放在婴儿床上。

按照惯例,人们在十二月第一个星期天的黄昏后聚集在镇政厅外,看着灯光亮起来。下午没有雨雪,但天气很冷,艾琳让女儿们拉上皮夹克的拉链,戴上手套。他们到达镇中心时,管乐队和唱诗班已经聚集,基欧太太出来摆摊,卖姜饼和热巧克力。琼走在前面,和唱诗班的其他成员一起分发歌单,而修女们四处走动,监督现场,与一些比较富裕的家长交谈。

站在外面很冷,他们就在小巷里走了一会儿,然后躲在汉拉罕小店的隐蔽式门洞里,艾琳驻足欣赏一双蓝色的鞋子和一个配套的坤包,一边跟邻居和来自远处、平日里很少见到的人们聊天,抓住机会获取和分享消息。

不一会儿,喇叭里就通知大家集合了。议员的克龙比式大衣外面戴着黄铜徽章,他从一辆奔驰车上下来,发表了简短的讲话,然后开关"咔哒"一响,灯亮了。一长串五颜六色的灯泡在他们头顶上愉快地随风摇摆,街道似乎也发生了神奇的变化,有了生机活力。人群中发出一阵阵轻轻的掌声,乐队很快就开始演奏——然而,看到高大肥胖的圣诞老人从街上走来时,洛蕾塔紧张地退到后面,哭了起来。

"没关系的,"弗隆安慰道,"那只是一个男人,像我一样,只是穿着圣诞服。"

当其他孩子排着队去壁龛里见圣诞老人、领取礼物时,洛蕾塔拘谨地站在原地,抓住弗隆的手。

"如果你不想去,就没必要去,孩子,"弗隆对她说,"陪我待在这儿好了。"

不过,看到自己的一个孩子面对其他孩子热切渴望的东西却如此不安,他还是感到很心痛,忍不住担心她是否有足够的勇气和能力去应对今后的生活。

*

那天晚上,他们回到家,艾琳说早就该做圣诞蛋糕了。她心情愉快地取下奥德伦食谱,让弗隆用手动搅拌器在棕色的代尔夫特陶碗里搅拌一磅黄油和糖,几个女儿把柠檬皮磨碎,然后称出一些蜜饯和樱桃切丁,把杏仁整颗整颗地浸泡在开水里,剥去它们的皮。一个小时左右的时间里,她们在干果里挑挑拣拣,剔去苏丹果、醋栗和葡萄干的梗子,与此同时,艾琳筛了面粉和香料,打了矮脚鸡的鸡蛋,在锡盘里抹了油,铺上垫纸,外面用两层牛皮纸包起来,并用麻绳绑紧。

弗隆负责照料雷伯恩烤炉,他添了几小铲干净的无烟煤,调节气流,让烤炉整夜保持稳定的文火。

蛋糕坯子准备好了,艾琳用木勺把它送进方形的大锡盘里,把顶部抹平,在底部用力敲了几下,把边边角角都填满,一边轻声地笑了笑——蛋糕进了烤炉,炉门刚关上,她就打量了一下房间,吩咐姑娘们把东西收拾干净,她要开始熨衣服了。

"你们是不是该给圣诞老人写信了呀?"

总是千篇一律,弗隆想,总是机械性地、

没有停顿地继续去干下一份工作。他暗自想道，如果他们有时间静下心来反思，生活会是什么样子呢？他们的生活是会大不一样呢，还是基本相同——抑或只是会失去自我呢？他即使在搅拌黄油和糖的时候，思绪也不在此时此地，不在这个接近圣诞节的星期天，跟妻子和女儿们在一起，而是想着明天。想着谁欠了多少钱，他怎么给别人送货，什么时候送，要分派给什么人什么任务，去什么地方、通过什么办法把欠款收回来——然后，在明天结束之前，他知道他的脑子又会以同样的方式运转，开始考虑后天的事情了。

此刻，他看着解开电线、给熨斗接上电源的艾琳，看着坐在餐桌旁、拿出抄写本和铅笔盒准备写信的几个女儿——他很不情愿地发现自己想起了小时候，他曾那样全情投入地写信，希望得到他的父亲，或得到一副五百片的农场拼图。圣诞节的早晨，当他下楼来到威尔逊夫人偶尔让他们共用的客厅时，火已经生起来了,他在树下发现了用同样的绿纸包着的三个包裹。一把指甲刷和一块肥皂包在一起。第二件是内德送的一个热水袋。威尔逊夫人送给他的是《圣诞颂歌》,一本没有插图的红色硬皮封面的旧书,闻起来有一股霉味。

为了掩饰内心的失望,他跑到外面的牛棚,哭了起来。圣诞老人和他的父亲都没有来。也没有拼图。他想到了学校里孩子们说他的那些话,他们给他起的那些外号,他明白了原因就在这里。他抬起头,看见那头被拴在牛栏上的奶牛,正心满意足地扯着架子上的干草吃。在回大房子之前,他在马槽里把脸洗干净,他打破马槽表面的冰,把双手深深地浸在冰水里,以缓解内心的痛苦,直到再也感觉不到。

他的父亲究竟在哪里呢?有时,他发现自己盯着年长的男人,试图找到容貌上的相似之处,或者从人们说的话里捕捉到一些线索。一些当地人肯定知道他父亲是谁——每个人都有父亲——不可能从来没有人在他面前透露过只言片语,他知道人们在谈话中不仅会袒露自己,而且会泄露他们所知道的事情。

婚后不久,弗隆决定问问威尔逊夫人是否认识他父亲,但在登门拜访的每一个晚上,都没能鼓起勇气。她可能会觉得他这样问不知好歹,毕竟她这些年来为他们做了那么多。不到一年之后,威尔逊夫人中风,被送进了医院。那个星期天他去看望她时,她的左半边身体已经不能动了,人也不能说话,但她认出了他,举起了她那只完好的手。她像个孩子一样,坐在床上,凝视着窗外,一件花睡衣的扣子一直扣到下巴。那是四月一个狂风大作的下午,在宽大、透明的玻璃窗外,一大片白花从摇摆不定的樱花树上被撕扯下来,纷纷飘落。弗隆把窗户打开了一点,因为她一向不喜欢待在封闭的房间里。

"圣诞老人来找过你吗,爸爸?"希拉诡异地问道。

他的女儿们有时很像几个小女巫,乌黑的头发,敏锐的眼睛。女人因为男人的膂力、欲望和社会权力而害怕男人,这很容易理解,但是女人凭她们敏锐的直觉,却要深刻得多:她们能预测将要发生的事情,在前一天夜里梦到,并且能读懂你的心思。在他的婚姻生活中,弗隆有一些时刻几乎是害怕艾琳的,钦佩她的勇气和她无比强烈的直觉。

"爸爸?"希拉说。

"圣诞老人当然来过,"弗隆说,"有一年,他给我带来了农场的拼图。"

"一副拼图?没有别的吗?"

弗隆咽了一下口水。"快把信写完吧,好孩子。"

那天晚上,女孩子们纠结着应该写信要什么礼物,以及哪些礼物可以彼此分享,她们为此争论不休,产生了一些小分歧。艾琳告诉她们怎样适可而止、哪些是过分的要求，弗隆辅导她们拼写。

格蕾丝也到了那个年纪，她发现地址那么短，觉得很奇怪。

"'北极，圣诞老人收。'就这么多吗？"

"上面的人都知道圣诞老人住在哪里。"凯萨琳说。

弗隆朝她眨了眨眼。

"我们怎么知道信是不是准时送到了呢？"洛蕾塔抬头看了看肉铺日历，最后一页，十二月，标记着月圆月缺的变化，被气流吹得微微掀起。

"你们的爸爸一早就会把它们寄出去。"艾琳说，"给圣诞老人的信都走特快专递。"

她熨好了衬衫和胸衣，开始熨枕套。她总是先做最难的事。

"把电视打开，我们可以看看新闻，"她说，"我有预感，豪伊还会搞阴谋。"

最后，那些信被装进信封里，沿着胶粘

封条舔一舔，放在壁炉架上等待寄出。弗隆看着壁炉架上艾琳全家的镶框照片，有她的爸爸妈妈，还有她的另外几位亲戚。他看着那些小装饰品，都是艾琳喜欢收藏的，而在他看来有点廉价，他毕竟是在一座陈设典雅的房子里长大的。大房子里的东西并不属于他，但那似乎不重要，他们母子很高兴地得到了使用它们的机会。

虽然第二天要上学，他们还是允许女儿们那天晚上待到很晚。希拉准备了一壶黑加仑汁，弗隆站在雷伯恩烤炉的炉门口，很滑稽地用长叉子烤苏打面包片，女孩们往面包片上抹黄油，涂马麦酱或柠檬乳。弗隆把自己的那片面包烤焦了，但还是吃了下去，说都怪他自己没有仔细留意，把面包片放在了离火苗太近的地方。他的喉头有些哽咽——似乎这样的夜晚再也不会有了。

那么，这个星期天的夜晚，是什么触动了他呢？他又一次发现自己回想起了在威尔逊家的日子。他分析是因为思索的时间太多，人变得有些多愁善感，都是受了那些彩灯和音乐的影响，而且看见琼在唱诗班里唱歌，她跟其他人在一起，显得那么如鱼得水——还有那柠檬的香味，把他带回到那间漂亮的旧厨房里，带回到圣诞节时母亲的身边。他想起母亲经常把剩下的柠檬放在一个蓝色罐子里，加糖，浸泡，溶解一夜，做成浑浊的柠檬汁。

很快，他控制住自己，断定这一切不会再发生。每个人都被赋予了永远不会再来的时间和机会。尽管有烦恼，但你曾经在那里，并偶尔任由自己回想起过去的经历，这不是已经很美好了吗？胜过总盯着千篇一律的日子和未来的麻烦，其实那麻烦可能永远不会到来。

他抬眼一看，已经快十一点了。

艾琳注意到了他的目光。"你们这些姑娘早该上床睡觉了，"她说，在蒸汽的嘶嘶声中把熨斗放了回去,"快上楼去刷牙吧。天亮之前,我不想再听到你们的一点声音。"

弗隆站起身,给电水壶接满水,准备灌热水袋。水烧开后,他先灌满两袋,把袋子里的空气挤出来,橡胶发出轻轻的喘息声,然后把盖子拧紧。在等待水壶再次烧开的时候,他想起内德在多年前的圣诞节送给他的那只热水袋,尽管他很失望,但是在之后很长一段时间里,他每晚都能从那份礼物中得到慰藉。他还想起,在下一个圣诞节到来前,他读完了那本《圣诞颂歌》,因为威尔逊夫人鼓励他用大字典查单词,说每个人都应该有一定的词汇量(vocabulary),这个词他怎么也查不到,后来才发现第三个字母不是 k 而是 c。第二年,他在拼写比赛中获得第一名,得到了一个木制铅笔盒,滑动的盒盖可以像尺子一样折叠,威尔逊夫人抚摸着他的头顶称赞他,似乎他是她家中的一员。"你给自己增了光。"她对他说。在整整一天多的时间里,弗隆觉得自己个头高了一英尺,内心相信他和其他孩子一样重要。

*

女儿们上床睡觉后,最后一件熨平的衣服叠好收了起来,艾琳关掉电视,从柜子里拿出两个雪利酒玻璃杯,倒上她买来做松饼的布里斯托尔奶油雪利酒。她叹了口气,在雷伯恩烤炉边坐下,然后脱下鞋子,散开头发。

"你这一天很辛苦。"弗隆说。

"有什么关系,"她说,"事情都做完了。我不知道为什么要把做蛋糕的事拖这么久。我今天晚上遇到的那些女人中,没有一个还没把蛋糕烤好的。"

"如果你不悠着点儿,到时候身体会吃不消的,艾琳。"

"你也很辛苦。"

"至少我星期天放假。"

"你星期天放假,但你休息了吗?这是一个问题。"

她瞥了一眼楼梯脚下的门,站起身来,仿佛能感觉到女儿们是不是在睡觉。

"她们都睡着了,"她说,"你伸手拿一下,好吗?我们看看信里写了什么。"

弗隆拿下那些信封,两人一起打开,读了里面的内容。

"她们表现得很懂事,没有讨星星、要太阳,这让人看了真高兴,是不是?"过了一会儿,艾琳说,"我们一定是做对了。"

"主要是你的功劳,"弗隆承认道,"我整天都在外面跑,然后回家吃饭,上楼睡觉,不等她们起床就又出门了。"

"你做得对,比尔。"艾琳说,"我们一分钱也不欠别人的,这都多亏了你。"

"她们的拼写没啥问题——但洛蕾塔怎么写的是'亲爱的圣达老人'?"

他们花了一些时间读完这些信，在孩子们索要的所有东西中决定买什么，不买什么。最后，他们在力所能及的范围内做了决定：给凯萨琳买一条牛仔裤，她一直在电视上看那种裤子的广告；给琼买一张皇后乐队的专辑，那年夏天她迷上了"现场援助"演唱会，并爱上了弗雷迪·墨丘利①；希拉的信最短，简单地提出要拼字游戏，没有提供其他选择。他们决定给格蕾丝买一个旋转的地球仪，她拿不准自己想要什么，列了一份长长的清单。洛蕾塔的主意很坚定：如果圣诞老人能送来伊妮德·布莱顿的《五小将去海边》或《五小将闯天涯》，或者两本都送，她就给他留一大块蛋糕，还要在电视机后面也藏一块。

"好了，"艾琳说，"还有一桩活儿也快做完了。我明天早上乘巴士到沃特福德去，趁她们上学的时候采购些东西。"

---

① 弗雷迪·墨丘利（Freddie Mercury，1946—1991），英国摇滚乐队"皇后乐队"主唱。

"要我开车送你过去吗?"

"你知道你不会有时间的,比尔,"她说,"明天是星期一。"

"也对。"

她打开炉门,但迟疑了片刻,才把信投进火里。

"她们越来越壮实了,艾琳。"

"是啊,我们再眨几下眼睛,她们就要嫁人,远走高飞了。"

"可不是嘛。"

"岁月可不会放慢脚步。"

她检查了一下烤炉的温度计,指针已经降得很低,达到她的要求,她把门关紧了一点。

"你决定给我买什么圣诞礼物了吗?"她语气轻快地问。

"哦,别担心,"弗隆说,"今天晚上你在汉拉汉小店附近时,我心里就有数了。"

"嗯,很高兴你注意到,并且提前考虑好

了。"她看上去很开心。"你想要什么?"

"我没什么需要的。"弗隆说。

"想要新裤子吗?"

"好像不需要,"弗隆说,"也许,一本书吧。圣诞节期间我可能想静静地待着,读一点书。"

艾琳从杯子里喝了一口酒,看了他一眼。"什么样的书?"

"也许是沃尔特·麦肯①的一本书。或者《大卫·科波菲尔》。我一直没抽得出时间读这本书。"

"是啊。"

"或者一本大词典,给家里用,给姑娘们用。"

一想到家里有本词典,他就感到快慰。

"比尔,你有什么心事吗?"她用一根手指滑过杯口,在上面绕圈,"今天晚上你好像

---

① 沃尔特·麦肯(Walter Macken,1915—1967),爱尔兰作家。

有心事。"

弗隆把目光移开，感到她的直觉又在起作用了，她的目光有着火热的力量。

"你是想起了威尔逊家吗？"

"啊，我只是想起了几件旧事。"

"我就猜到。"

"艾琳，你不回忆过去吗？不忧虑吗？有时候我真希望能像你一样。"

"忧虑？"她说，"我昨晚梦见凯萨琳的一颗蛀牙烂了，我用钳子给她拔牙。我差点儿从床上摔下来。"

"啊，这样的夜晚每个人都有。"

"是吧，"她说，"圣诞节快到了，开销这么大，种种烦心事。"

"你觉得姑娘们都没问题吧？"

"什么意思？"

"我也说不好，"弗隆说，"我纳闷洛蕾塔今晚怎么不去见圣诞老人。"

"她还小呢，"艾琳说，"给她点时间。她

会找到自己的节奏的。"

"我们是不是还不错？"

"你是说钱的方面吗？不是刚有了个好年景吗？我每星期还往信用社里存些钱呢。我们应该能拿到贷款，在明年这个时候之前把正面的窗户全换成新的。我受够了穿堂风。"

"我也不清楚我想说什么，艾琳。"弗隆叹了口气，"我今晚只是有点儿累，没别的。不用理会。"

这一切所为何来？弗隆暗自疑惑。工作，无尽的烦恼。天不亮就起床，去煤场，出去送货，一单接一单，从早忙到晚，天黑后才回家，拼命洗去身上的煤灰，坐到桌旁吃晚饭，倒头睡去，在黑暗中醒来，面对同样的一个版本，再来一遍。难道日子永远一成不变，不会出现什么别样的或崭新的东西吗？最近他开始考虑，除了艾琳和女儿们，还有什么是重要的。他快四十岁了，却觉得自己没有什么发展，也没有什么进步，有时忍不住纳闷这一天天的生活是为了什么。

突然,他想起有一年夏天,他从技术学校毕业后在蘑菇厂工作。上班的第一天,他拼命跟上节奏,但是与其他人相比,他剪蘑菇的速度还是很慢。终于到了那排蘑菇的尽头,他已大汗淋漓,停下来回头看他刚开始剪蘑菇的地方,发现小蘑菇已经又开始从堆肥里冒出来了——他的心往下一沉,知道在整个夏天,同样的事情会一遍又一遍发生,日复一日。

有那么一刻,他忍受着一种强烈而愚蠢的渴望,想和艾琳谈谈这件事,不料她却抖擞起精神,讲起了她在广场上听来的消息:那个人到中年的殡仪员,人们都说他一辈子不会结婚了,却向一个年龄只有他一半的年轻女招待求了婚,那女孩在恩尼斯科西的墨菲·弗拉德酒店上班。殡仪员带她来到镇上,给她买了弗里斯托小店里陈列的那枚最便宜的戒指。理发师的儿子是个年轻的电工,还在当学徒，被诊断出患有一种罕见的癌症，并被告知最多只能活一年。有报道称，阿巴托在圣诞节之后还要解雇一批工人，人们说马戏团可能会在新年之初就来镇上。女邮递员生了三胞胎，都是男孩，但那已经是昨天的新闻了。她还听说，威尔逊家的人把所有的牲畜都卖掉了，家里只剩下几条狗，土地也全都租出去了，目前正在耕种，而且内德患了轻微的支气管炎。

话都说完了，艾琳伸手拿起《星期日独立报》，哗哗地抖了抖。弗隆已经不是第一次觉得，自己很不擅长给艾琳做伴，他很少能让漫长的夜晚变得短一点。艾琳有没有想过，如果嫁给了别人，她的生活会是什么样子？他坐在那儿，听着壁炉架上的钟滴答滴答，风在烟道里发出诡异的声音，内心不无欣慰。雨又下起来了，狠狠地打在窗玻璃上，撩动了窗帘。他听到烤炉里一块无烟煤压塌了另一块，他又往炉里添了一些。

有时候困意朝他袭来，但他还是强迫自己坐在椅子里，时而打瞌睡，时而清醒，直到钟敲响了三下。一根编织针深深地插进圣诞蛋糕的中心，拔出来时上面干干净净。

"不错，好歹水果没有掉出来。"艾琳高兴地说，用一瓶"婴儿魔力"[①]给它施了洗礼。

[①] "婴儿魔力"（Baby Power）是爱尔兰著名威士忌品牌鲍尔斯威士忌（Powers）的一种小瓶装，可放在外套口袋里随身携带。

四

那年的十二月,乌鸦泛滥成灾。人们从未见过那样的乌鸦,它们黑压压地聚集在小镇外围,然后涌进来,在街道上大摇大摆地走,昂着脑袋,肆无忌惮地蹲在它们喜欢的某个瞭望台上,寻找各种死尸,还在路上偷袭任何看上去可吃的东西,晚上就栖息在修道院周围的参天古树上。

修道院坐落在河对岸的小山上,看上去很气派,两扇敞开的黑色大门,一排闪闪发亮的高窗正对着小镇。一年四季,前面的花园都保持得很整洁,修剪平整的草坪,一排排整齐的观赏灌木,剪成方形的高高的树篱。有时，人们会在那里生起一些小小的篝火，一股股奇怪的青烟飘过河面，飘过小镇，或者飘往沃特福德的方向，这取决于风朝哪个方向吹。天气变得干燥而寒冷，修道院的紫杉树和常青树上都结了霜，鸟儿不知为何从未触碰过冬青树上的一颗浆果，人们都说，这景致多么像一张圣诞卡片啊。老园丁自己也这么说。

负责修道院的是好牧人修女团，她们还开办了一所女孩培训学校，为女孩们提供基础教育——还经营着一家洗衣房。培训学校鲜为人知，但洗衣房有着良好的声誉：许多餐厅和宾馆、疗养院和医院，所有的牧师和富裕家庭，都把他们的衣服送去浆洗。据称，送到那里的所有东西，无论是一堆床单还是一打手帕，取回来时都和新的一样。

关于这个地方，还有一些别的议论。有人说，所谓的培训学校的女孩，根本不是什么学生，而是品行低下的女孩，每天都在接受改造，从早到晚地干活，通过洗去脏衣服上的污渍来赎罪。当地的一名护士告诉大家，她曾被叫去治疗一个十五岁的女孩，对方因在洗衣盆前站得太久而导致静脉曲张。另一些人则说，辛苦工作的是那些修女自己，她们织毛衣，给出口的念珠穿珠子，把手指都磨破了，把眼睛都熬坏了。她们有着金子般的心，她们被要求禁言，只能祈祷，有些人白天只吃面包和黄油，只有晚上活儿干完之后，才能吃上一顿热腾腾的晚餐。还有人发誓说，这地方比母婴收容所好不了多少，贫寒的未婚女孩生完孩子之后就被藏在这里，据说是她们自己的家人把她们送进来的，而她们的私生子女则被美国富人领养了去，或被送到了澳大利亚。修女们把这些婴儿输送到国外，赚了不少钱，这是她们的一个产业。

但是人们说什么的都有——这些话多半不可信；小镇上从来不缺无所事事的闲人和流言蜚语。

弗隆对这些都不愿意相信,但是有一天傍晚,他提前去修道院送一批货,在门口没有发现任何人影,就走过山墙边的煤棚,拨开一扇厚厚的大门上的插销,走了进去。眼前是一片漂亮的果园,树上结满了累累的果实:红色和黄色的苹果、梨子。他继续往前走,想偷偷摘一个带斑点的梨子,不料他的靴子刚碰到草地,就有一群凶恶的鹅追了上来。他退回来后,那些鹅踮起脚尖,拍打着翅膀,得意地伸长脖子,朝他发出刺耳的嘘声。

他一直走到一个亮灯的小礼拜堂前,发现十几个年轻妇女和女孩跪在地上,手里拿着罐装的老式薰衣草抛光剂和破布,在地板上用力地一圈圈擦拭。她们一看到他,就像被烫伤了似的——而他只是进来打听一下卡梅尔修女,她在吗?她们没有一个人穿鞋,都穿着黑色的短袜,和一种非常难看的灰色衬衫。一个女孩的眼睛生了丑陋的麦粒肿,另一个女孩的头发剪得乱七八糟,似乎是某个瞎子用大剪刀给她剪的。

正是这个女孩朝他走了过来。

"先生,你能帮帮我们吗?"

弗隆觉得自己在后退。

"只要把我带到河边就行。你不需要做别的。"

她态度非常恳切,说的是都柏林口音。

"带到河边?"

"或者,你能带我走出大门就行。"

"这事儿由不得我,姑娘。我不能带你去任何地方。"弗隆说着,朝她摊开两只空空的手掌。

"那么,带我一起回家吧。我会不惜命地替你干活的。"

"我家里有五个女儿和一个妻子。"

"唉,我一个人也没有——我只想把自己淹死。就这么一点小事,你都不能帮帮我们吗?"

突然,她扑通一声跪下,开始擦地板——弗隆转过身,看到一个修女站在忏悔箱前。

"姐妹你好。"弗隆说。

"你有什么事吗?"

"我在找卡梅尔修女。"

"她去圣玛格丽特学校了,"她说,"也许我能帮到你。"

"我给你们送来了一车木柴和煤,姐妹。"

知道了他是谁,她的态度立刻就变了。"刚才在草地上惊扰那些鹅的就是你吧?"

弗隆莫名地感觉受到了谴责,他把注意力从那个女孩身上收回来,跟着修女走到前面。修女不慌不忙地读了一遍送货单,检查了货物,确保与订单一致。然后她离开了他,走回到房子的侧翼,他把煤和木柴搬进棚子,然后她从前门出来付钱。她数钞票时,他打量着她。她让他想起一匹被宠坏了的健壮的小马,任性自由了太久。他很想就那个女孩说点什么，但这冲动很快消失了。最后，他只是按她的要求写了张收据，递了过去。

他上了卡车，立刻关上门，发动了车。在路上开了一段之后，他突然意识到自己错过了一个拐弯，方向完全走错了，他不得不告诫自己静下心来，放轻松。他不停地想着姑娘们跪在地上擦地板的情景，以及她们所处的境地。同样让他震惊的是，跟着修女从小礼拜堂出来时，他注意到从果园通往前面的那道门里面挂着一把锁，而且，隔开修道院和隔壁圣玛格丽特学校的那道高墙，顶上竟然插着碎玻璃。修女只是出来付钱，竟也用钥匙把前门锁上了。

起雾了，一片片浓雾在空中盘旋，道路蜿蜒曲折，没有转弯的余地，于是弗隆向右拐上一条小路，往前开了一段，再向右转上了另一条小路。这条小路越来越窄，他又拐了一个弯，经过一个干草堆——他隐约觉得先前好像见过。他遇到一头走失的小牛，身后拖着一小截绳子，还遇到一个穿马甲的老人，拿着钩镰，正在路边砍一大蓬枯死的蓟草。

弗隆停下车，向老人道了声晚安。

"劳驾你告诉我，这条路会把我带到哪里呢？"

"这条路？"那人放下钩镰，身体靠在钩镰柄上，眼睛盯着他，"孩子，你想去哪里，这条路就能带你到哪里。"

*

那天晚上，弗隆躺在床上，考虑要不要跟艾琳讨论一下他在修道院看到的一切，可是他对她说完后，她僵硬地坐了起来，说这样的事情与他们无关，他们也无能为力，而且山上那些女孩不也像大家一样，需要炉火来取暖吗？修女们不也总是按时付清货款吗？不像许多人，什么都赊账，害得你不得不催着他们要，然后麻烦就来了。

这是很长的一番话。

"你知道些什么？"弗隆问。

"也没什么，就是我告诉你的这些，"她回答，"说到底，这些事跟我们有什么关系？咱们家的姑娘不都好好的吗？"

"咱们家的姑娘？"弗隆说，"这跟咱们家的孩子有什么关系？"

"什么关系也没有，"她说，"我们凭什么担责任呢？"

"怎么说呢，我原本也觉得没责任，但现在听了你的话，心里反倒没底了。"

"胡思乱想有什么好处？"她说，"想多了只会让你沮丧。"她焦躁不安地摸着睡衣上的小珍珠纽扣，"如果你想把日子过下去，有些事情只能睁只眼闭只眼，这样才能继续往前走。"

"我并没有不同意你的话，艾琳。"

"同不同意无所谓。你就是心肠太软。把

口袋里的零钱都给了人家,还——"

"你今晚怎么了?"

"没什么,说了你也不懂。你其实从小到大没吃过什么苦。"

"没吃过什么苦,是吗?"

"是啊,外面确实有女孩惹上了麻烦,这事儿你很清楚。"

这句话很伤人,他们在一起这么多年,他第一次听她这样说话。一个小而坚硬的东西在他喉咙里聚积,他想说出来或咽下去,却感到说不出也咽不下。最后,他既不能把它吞下去,也找不到话来缓和他们之间出现的矛盾。

"我没必要对你说这些,比尔,"艾琳冷冷地说,"但如果我们管好自己的事,行得正、站得直,辛苦打拼,咱们的几个女儿就不用忍受那些女孩经历的事。她们落到那步田地,是因为世界上没有一个人关心照顾她们。她们的亲人对她们不管不问,当她们遇到麻烦时，又对她们置之不理。只有没孩子的人才能什么心都不操。"

"但如果那是我们的一个女儿呢？"弗隆说。

"这正是我要说的，"她说着又激动起来，"那不是我们的女儿。"

"幸亏威尔逊夫人跟你的想法不一样，不是吗？"弗隆看着她，"不然我母亲会是什么下场？我现在又会在哪里？"

"威尔逊夫人的关心跟我们八竿子打不着，不是吗？"艾琳说，"她坐在那座大房子里，领着抚恤金，拥有一片农场，还有你母亲和内德在她手下干活。她属于这世上少数能够随心所欲的女人之一，难道不是吗？"

五

　　圣诞节的那一周，天气预报说会下雪。人们得知煤场要关闭十天左右，顿时慌了神，在最后一刻打电话来订货，当电话终于接通时，他们又抱怨一直打不通电话。最糟糕的是，今年的最后一批货到得很晚，码头上的货要按时去收。弗隆让放假在家的凯萨琳照看办公室，他去镇子外面送货，并尽可能多收回一些欠款。他中午回来的时候，凯萨琳又搞定了几份订单，还列出了送货单，他只需稍微停留一下，吃几口东西，就可以动身再去送货了。

　　星期六，他上午送货回来时，凯萨琳看

上去很是厌烦,好在这已经是最后一批订单了。她把清单递给他,说修道院刚来了一份大订单。

"我现在要出去,叫他们在傍晚之前把这批货准备好吧,"弗隆说,"我明天早上亲自送去。"

"明天是星期天,爸爸。"

"我还有什么选择呢?星期一我们忙不过来——平安夜只能工作半天。"

他没顾上吃午饭,只喝了一杯茶,吃了一把饼干,就心急火燎地想出去送货,但他在煤气炉前停下来烤了烤火。卡车上的加热器不给力,他的腿和脚都冻僵了。

"你在这儿够暖和吗,凯萨琳?"

她在整理发票,但似乎找不到地方,不知该把它们放在哪儿。

"我挺好的,爸爸。"

"你没事吧?"

"没事。"她说。

"我不在的时候,那些男人没来骚扰你吧?"

"没有。"

"如果有的话,你一定要告诉我。"

"没有那样的事,爸爸。真的。"

"向上帝发誓。"

"向上帝发誓。"

"怎么啦?"

她转过去,手里拿着清单,身子突然不动了。

"怎么回事,孩子?"

她把修道院订单的副本插在钉子上。

"我只是想在商店关门前和朋友们一起去逛街,看看灯光,试试牛仔裤,可是妈妈刚才打电话来,说我现在必须和她一起去看牙医。"

*

第二天早晨,弗隆醒来,拉开窗帘,大

空看起来很奇怪，似乎离得很近，上面只有几颗昏暗的星星。街上，一条狗正在舔一个罐头里的东西。它用鼻子把罐头顶过霜冻的人行道，发出很大的噪声。乌鸦已经出来了，它们侧身飞过，发出短促、嘶哑的大叫，又发出较长的、流畅的嘲笑，似乎觉得这个世界多少有些令人讨厌。有一只乌鸦站在那里撕扯一个披萨盒，用脚按住纸盒，不放心地啄着里面的东西，然后一拍翅膀，嘴里叼着一块面皮迅速飞走了。有些乌鸦看上去很伶俐，收拢着翅膀，迈着大步，审视着场地和周围的环境，让弗隆想起了那个喜欢背着手在镇上闲逛的年轻助理牧师。

艾琳睡得很沉，他注视了她一会儿，感觉到她的需要，让目光随意地落在她裸露的肩膀上，落在她那双张开的、熟睡的手上，以及她靠着枕套的乌黑的头发上。他深深地渴望留下来，想伸出手去抚摸她，然而他从椅子上拿起衬衫和裤子，摸黑穿好，而她并没有醒来。

下楼之前,他进去看了看凯萨琳,她刚拔了一颗牙,正在睡觉。她身旁的琼稍稍动了动,翻了个身,发出一声叹息。在那边的床上,洛蕾塔完全醒着。弗隆与其说是看到,不如说是感觉到她的眼睛在黑暗中闪烁。

"你没事吧,宝贝?"弗隆小声说。

"没事,爸爸。"

"我现在得出去。很快就回来。"

"非去不可吗?"

"我半小时就回来,孩子。快睡吧。"

在厨房里,他没有烧水或沏茶,只是切了一片面包,抹上黄油,用手拿着吃完,就出门朝煤场走去。

外面,街道上结了霜,很滑,他的靴子踩在人行道上,声音大得出奇,因为这是星期天,时间也还很早。他走到煤场门口,发现挂锁被霜冻冻住了,他感到了活着的压力,后悔没有留在床上,但还是强打起精神,向邻居的房子走去，那里亮着灯。

他轻轻敲了敲门，开门的不是那家的女主人，而是一位少妇，穿着长睡衣，裹着披肩。她的头发既不是棕色也不是红色，而是肉桂色，几乎垂到腰际，两只脚没有穿鞋。在她身后，煤气灶喷出一圈圈火苗，上面坐着水壶和炖锅，三个他认识的小孩围坐在桌旁，手里拿着填色书和一袋葡萄干。房间里有一种好闻的气味，他很熟悉但叫不出名字。

"很抱歉，打扰你了，"弗隆说，"我是马路对面的，想进到煤场里去，但是挂锁冻住了。"

"不麻烦，"她说，"你是想要水壶吗？"

听口音她像是来自西部。

"是啊，"弗隆说，"如果可以的话。"

她把头发撩到肩后，弗隆无意中看到了她胸部的轮廓，松松的，在棉布睡衣下面。

"水壶烧开了。给，"她说着伸手去拎水壶，"你拿去用吧。"

"你肯定要用它沏茶的。"

"尽管拿去吧,"她说,"你知道,拒绝把水给一个男人,是会触霉头的。"

他浇开了挂锁,走回来,敲了敲门,轻轻叫了一声,听到她说进来,便把门推开了,只见桌上点着一支蜡烛,她正把热牛奶倒进给孩子们吃的维他麦粥里。

他站了一会儿,感受着这间朴素的屋子的宁静,让自己的一部分思绪游离开去,想象着和她一起住在这里会是什么感觉,住在这座房子里,而她是他的妻子。近来,他经常会想象另一种生活,在别处,他怀疑这是不是他血液里的某种东西;他的亲生父亲也许就是那种突然心血来潮,坐船去了英国的人?生活中的许多事都靠运气,这似乎既恰当,同时又极不公平。

"你弄好了吗?"她接过水壶,问道。

"是的,"弗隆说,递过水壶时感觉到她的手冰凉,"多谢了。"

"你想喝杯茶吗?"

"求之不得,"他说,"可是我得去干活了。"

"几分钟就能把水再烧开。"

"我已经快迟到了,不过我会吩咐人给你送一袋木柴过来。"

"啊,不需要。"

"圣诞快乐。"他说着就转身离去。

"你也一样。"她在身后喊道。

*

弗隆用木头把大门撑开后,立刻回过神来,想着接下来要做的事。他对那辆卡车有点不放心。他转动钥匙点火,引擎启动了,他长舒一口气,这才意识到自己一直屏着呼吸。他让引擎空转着。前一天晚上,他对着订单核对了货物,此刻发现自己又在核对。他还检查了煤场有没有清扫干净,又看了看天平，检查昨天夜里有没有东西留在上面，尽管他确信昨天锁门之前他都检查过了。简易房里并没有他需要的东西，但他还是打开门，打开灯，把所有的东西都看了一遍：一堆堆文件、电话号码簿和文件夹、送货单、插在钉子上的发票副本。他正在写一张纸条，吩咐把一袋圆木送到对面那户人家时，电话铃突然响了。他站在那里看着电话机，直到铃声响完，又等了一两分钟，看它会不会再响。他写完纸条，退出去，锁上了门。

驱车上山前往修道院时，车灯的反光在窗户上掠过，仿佛他要在那里与自己相遇。他尽量不出声地把车开过前门，往侧面倒车，开到煤棚，然后关掉了引擎。他困倦地爬下车，望着紫杉和树篱，望着有圣母雕像的壁龛，圣母的眼睛低垂着，仿佛对脚下的假花感到失望，在高高的窗户投下的一方方亮光里，霜花晶莹地闪烁。

这里是多么寂静啊，但为什么从来就不

安宁呢？天还没亮。弗隆看着下面那条幽黑、闪亮的河，河面上倒映着小镇的万家灯火。似乎许多东西离得远了，看上去就漂亮得多。他说不出自己更喜欢哪一个：是小镇的景色，还是它在水中的倒影？不知什么地方，有人在唱《真挚来临》。很可能是隔壁圣玛格丽特学校的寄宿生——但那些女孩肯定已经回家了吧？后天就是平安夜了。一定是培训学校的姑娘们。或者是修女们自己，在早弥撒开始之前练唱？有那么一会儿，他站在那里听着，看着下面的小镇，看着从烟囱里冒出来的炊烟，看着天空中逐渐消失的小星星。他站在那里的时候，一颗最亮的星星掉落下来，刹那间留下一道光，就像粉笔在黑板上留下的一道记号，转瞬即逝。另一颗星星似乎耗尽了能量，慢慢隐去了。

他放下卡车尾板，去打开煤棚的门，插销结了霜，硬邦邦的，他不由得问自己是不是成了一个被丢弃在门口的男人。难道不是吗？他生命中的大部分时间都站在这扇或那扇门外，等着门被打开。他强行拔开插销后，顿时感觉里面有个什么东西，不过他曾在煤棚里发现过许多狗，它们没有像样的地方可以栖身。他看不太清楚，只好回到卡车上去拿手电筒。手电光往里照去，他根据地上那摊东西判断，那姑娘已经在这里面待了不止一夜。

"上帝啊。"他说。

他想到的唯一一件事就是要把大衣脱下来。他走过去把大衣裹在姑娘身上时，她畏缩了。

"我不会伤害你，"弗隆解释说，"我是来送煤的。"

他很不得体地又将手电光照向地上，照向她无奈中制造的那些排泄物。

"上帝爱你，孩子，"他说，"离开这里吧，好吗？"

他好不容易把她弄了出来，才看清眼前

是一个姑娘——连站都几乎站不稳,头发被剪掉了——这时,他内心平庸的那部分开始后悔不该靠近这个地方。

"你没事,"他说,"靠在我身上,好吗?"

姑娘似乎不想让他靠近,但他总算把她弄到了卡车边,她倚在热乎乎的引擎盖上,向下望着城镇的灯光和河流,然后望着远处的天空,就像他刚才那样。

"我总算出来了。"过了一会儿,她终于说道。

"是啊。"

弗隆又把大衣往她身上裹了裹。她似乎不再抗拒。

"现在是夜晚还是白天?"

"是一大早,"弗隆解释道,"天很快就亮了。"

"那就是巴罗河?"

"是啊,"弗隆说,"里面有鲑鱼,水流很急。"

有那么一会儿，他不确定她是不是他曾在小礼拜堂看到的那个姑娘——当时那些鹅纷纷跑出来嘘他——然而这是另一个姑娘。他用手电筒照了照她的脚，看到被煤染黑的长长的脚指甲。他关掉了手电筒。

"你怎么会被留在那里面的？"

她没有回答，他感觉到了她的痛苦，徒劳地搜索枯肠，想说几句安慰的话。几片冻硬的叶子在碎石路上飘过，过了一会儿，他克制住自己，扶着她一直走到前门。虽然隐约对自己的做法感到怀疑，但他没有退缩，这是他的习惯。他发现自己打起精神按下了门铃，当听到铃声在里面响起时，他不禁有些胆怯。

很快，门开了，一个年轻修女探出头来。

"哦！"她叫了一声，立刻又关上了门。

身边的姑娘什么也没说，只是呆呆地盯着门，似乎要用目光把门烧出一个洞。

"到底是怎么回事？"弗隆问。

姑娘还是不说话，他又一次徒劳地想找话说。

他们冒着严寒，在门前的台阶上等了好一会儿。他知道，他本来可以带她走的，他考虑带她去牧师住宅，或者带她一起回家——然而她是这样小、这样沉默寡言的一个人，他内心平庸的那部分再次冒头，只想赶紧摆脱这件事，回家去。

他又伸手按了按门铃。

"你能向她们打听一下我的孩子吗？"

"什么？"

"他一定饿了，"她说，"现在谁来喂他呢？"

"你有孩子？"

"十四个星期大了。她们把他从我身边抱走了。但如果他在这里，她们可能会让我再给他喂奶的。我不知道他在哪儿。"

弗隆又开始考虑该怎么办，这时院长嬷嬷打开了门，她是个高个子女人，他在小礼拜堂见过，但没怎么打过交道。

"弗隆先生,"她微笑着说,"星期天一大早你就抽时间过来,真是太感谢了。"

"嬷嬷,"弗隆说,"我知道时间还早。"

"很抱歉让你遇到这种事。"她说,然后转向那姑娘,"你跑哪儿去了?"她改变了语气,"我们很快就发现你不在床上。我们还想给警察局打电话来着。"

"这姑娘整夜都被锁在棚屋里,"弗隆对她说,"也不知是怎么进去的。"

"上帝爱你,孩子。进来吧,上楼去洗个热水澡。你这样会送命的。这可怜的姑娘有时候分不清白天和黑夜。真不知道我们该怎样照顾她。"

姑娘恍惚地站在那里,身子开始颤抖。

"进来吧,"院长嬷嬷对弗隆说,"我们沏点茶。这真是件可怕的事。"

"啊,我就不进去了。"弗隆后退了一步——似乎这一步能把他带回之前的时间里。

"进来吧,"她说,"我不会就这样放你

走的。"

"我还有急事，嬷嬷。我还要回家换衣服去做弥撒呢。"

"那你就进来稍坐一会儿，让自己定定心。时间还早呢——今天要做的弥撒不止一场。"

弗隆发现自己脱下帽子，顺从地跟了进去，扶着那姑娘走过大厅，走到后面的厨房，里面有两个姑娘在水槽边削萝卜皮、洗大头菜。那个应门的年轻修女站在巨大的黑色灶台旁，搅拌着什么东西，有一个水壶在烧水。整个厨房和厨房里的一切都闪闪发亮，一尘不染。弗隆经过时，在几只挂着的锅上瞥见了自己的影子。

嬷嬷没有停下脚步，顺着一条瓷砖走廊继续往前走。

"这边来。"

"我们把你的地板弄脏了，嬷嬷。"弗隆听见自己说。

"没关系,"她说,"哪里有污泥,哪里就有好运。"

她把他们领进一个漂亮的大房间,铸铁的壁炉里刚生起了火。一张长桌子上铺着雪白的桌布,周围摆着几把椅子,还有一个红木餐具柜和几个嵌着玻璃门的书橱。壁炉上方挂着一幅约翰·保罗二世的画像。

"坐在火边暖和暖和吧?"她说,把他的大衣递给他,"我去照顾一下这个姑娘,顺便看看我们的茶。"

她走出去,随手关上了门,可是她刚离开,那个年轻修女就端着托盘进来了。她的手不稳,一把勺子掉了下来。

"有客人要到了。"弗隆说。

"还有客人?"她显得很惊慌。

"这只是一句俗话,"弗隆解释说,"'勺子掉,客人到。'"

"这样啊。"她说,然后看着他。

她认认真真地把杯子和碟子摆出来,费

力地打开一个罐头的盖子,接着拿出一块水果蛋糕,用刀快速地切成几片。

院长嬷嬷回来了,她慢慢地走到壁炉边,拿起火钳,拨了拨刚生好的火,熟练地把点燃的部分拢到一起,在周围放上从煤桶里取出的弗隆新送来的优质煤块,然后在对面的扶手椅里坐下。

"怎么样,家里都好吧,比利?"她说道。

她的眼睛既不是蓝色也不是灰色,而是介于两者之间。

"托你的福,我们都很好,嬷嬷。"

"你的几个女儿呢?她们好吗?我听说你的两个女儿在这里上音乐课,进步很大。还有两个在隔壁上学。"

"她们一切都好,感谢上帝。"

"我们还看到你的另一个女儿进了唱诗班。她看起来很适应。"

"她们都很懂规矩。"

"过不了多久,她们就都会去隔壁上学

了。愿上帝保佑。"

"上帝保佑,嬷嬷。"

"可惜现在孩子太多了。把每个孩子都安顿好可不是件容易的事。"

"那是肯定的。"

"你们有五个,还是六个?"

"我们有五个,嬷嬷。"

她站起来,揭开茶壶盖,搅动着茶叶。"但肯定多少有些令人失望。"

她背对着他。

"失望?"弗隆说,"为什么失望?"

"没有男孩子传宗接代。"

她说得很认真,但是弗隆对这类谈话早有经验,应对自如。他稍稍伸展了一下身体,让靴子碰到锃亮的黄铜挡板。

"没问题,我不是就随了我母亲的姓吗,嬷嬷?这对我来说不算什么。"

"是吗?"

"我凭什么不喜欢女孩呢?"他接着说,

"我自己的母亲曾经也是个女孩。我敢说你曾经也是,我们身边的人都是。"

片刻的沉默,弗隆觉得她不是在拖延时间,而是在改变策略——这时门开了,煤棚里的那个姑娘走了进来,她穿着衬衫、羊毛衫、百褶裙和鞋子,湿头发草草地梳了梳。

"这么快,"弗隆半站起身,"你现在好些了吗,孩子?"

"快坐下吧。"嬷嬷拉出一把椅子给她坐。"喝口茶,吃点蛋糕,让自己暖和暖和。"她似乎很高兴地端起茶壶给姑娘倒了茶,又把水壶和糖碗推过来一些,让她能拿到。

姑娘在桌旁坐下,笨拙地从蛋糕里挑出一片片水果,然后就着热茶,把剩下的蛋糕吞了下去,她费力地端稳茶杯,想把它放回到茶托上。

院长嬷嬷有一搭无一搭地聊着新闻和一些无关痛痒的小事,过了一会儿,她转过身来:

"好了,你能跟我们说说你为什么在煤棚里吗?"她说,"你只需告诉我们就行。不会有什么麻烦的。"

姑娘在椅子里僵住了。

"谁把你关在那儿的?"

姑娘惊恐的目光扫视一圈,与弗隆的目光短暂相触,又落回到桌子和她盘子里的碎屑上。

"她们把我藏起来的,嬷嬷。"

"怎么藏的?"

"我们只是闹着玩。"

"闹着玩?玩什么,你愿意告诉我们吗?"

"只是闹着玩,嬷嬷。"

"肯定是捉迷藏吧。你这么大年纪了还玩这个。游戏结束后,她们没想到把你放出来吗?"

姑娘扭过头,发出一声怪异的抽泣。

"你又怎么啦,孩子?这不都是一场误会吗?这不都是一场虚惊吗?"

"是的，嬷嬷。"

"怎么回事？"

"只是一场虚惊，嬷嬷。"

"你受了点惊吓，仅此而已。你现在需要的是吃早饭，然后好好地睡一觉。"

她看着那个一直如雕像般站在屋里的年轻修女，点了点头。

"你给这姑娘煎点东西吃，好吗？把她带到厨房里，让她吃饱。今天就让她歇着吧。"

弗隆看着姑娘被带走，很快明白了这个女人想要他离开——但是离开的冲动被一种反感的情绪所取代，他想留下来，坚持自己的立场。外面的天已经亮了。很快，第一场弥撒的钟声就会响起。他继续坐着，被这种新的、奇怪的力量所鼓舞。毕竟，他是这些女人中的一个男人。

他看了看面前的这个女人，打量她的穿着：熨得笔挺的衣服，擦得锃亮的鞋子。

"圣诞节来得真快啊。"他没话找话地说。

"确实很快。"

他不得不把话题交给她;她头脑冷静。

"听天气预报说要下雪。"

"可以过一个白色圣诞节了——但你大概会更忙了吧。"

"我们闲不下来。"弗隆说,"我认了。"

"你这杯茶喝完了吗,要不要再给你倒一杯?"

"干脆把茶都喝完吧,嬷嬷。"他固执地说,把杯子递过来。

倒茶的那只手很稳。

"你的那些水手这个星期在镇上吗?"

"他们不是我的水手,但我们有一批货进了码头,是啊。"

"你倒是不介意把外国人招进来。"

"每个人不是都得出生在某个地方吗,"弗隆说,"据说耶稣是出生在伯利恒。"

"我不会把我们的主跟那些家伙相提并论。"

她已经忍无可忍。她把手深深地插进口袋里，掏出一个信封。"货款等发票来了再付，这是圣诞节的礼物。"

虽然不愿意接受，弗隆还是伸出了手。

她陪着他走到厨房，年轻修女站在煎锅前，把一个鸭蛋磕碎在两个黑布丁旁边。煤棚里的姑娘坐在桌旁，神情恍惚，她的面前什么也没有。

弗隆知道，她们希望他会径直走出去，但他停了下来，站在那姑娘身边。

"有什么我能帮你的吗，孩子？"他问，"需要什么尽管告诉我。"

姑娘看着窗外，吸了一口气，哭了起来，就像那些不习惯接受善意的人第一次被善待，或者长期遭受冷漠之后重新感受到了善意。

"可以把你的名字告诉我吗？"

她回头看了一眼修女。"我在这里叫恩达。"

"恩达？"弗隆说，"这不是一个男孩的名

字吗?"

她无法回答。

"你自己叫什么名字?"弗隆温和地问。

"萨拉,"她说,"萨拉·雷蒙德。"

"萨拉,"他说,"我母亲就叫这个名字。你是哪里人?"

"我们家人来自克朗格尔以外的地方。"

"那从基尔达文过去还很远呢,"他说,"你是怎么到这里来的?"

炉灶前的修女咳嗽了一声,使劲晃了晃手里的煎锅,弗隆明白姑娘不能再说什么了。

"唉,你现在心绪烦乱,这也难怪。我叫比尔·弗隆,在码头附近的煤场工作。你如果有什么事,尽管过来找我,或者打发人来叫我。除了星期天,我每天都在那儿。"

修女把鸭蛋和布丁盛在盘子里,把人造黄油从一个大罐子里刮出来,涂在一片面包上,弄出很大的声响。

弗隆决定不再多说,他走出去,关上了门。然后他站在前门的台阶上,直到听见里面有人转动钥匙。

六

"你错过了第一场弥撒。"他回到家后,艾琳说。

"我不是上山去修道院了嘛,她们不让我走,非要我进去喝杯茶。"

"是啊,圣诞节嘛,"艾琳说,"这也是待客之道。"

弗隆没有回答。

"她们是怎么招待你的?"

"茶,"他说,"还有蛋糕。"

"没有给你别的吗?"

"什么意思?"

"我是说圣诞节。她们每年圣诞节总会送

点东西。"

弗隆把那个信封忘到了脑后。

艾琳打开信封,取出贺卡,一张五十英镑的钞票掉在了她腿上。

"她们真是好人,"她说,"这笔钱把肉铺的账结了都绰绰有余。我明天早上去取火鸡和火腿。"

"给我看看。"

贺卡上画着蓝色的天空、一个天使、圣母和骑驴的孩子,牵驴的是约瑟。贺卡背面写着,逃亡埃及。里面匆匆写着几行字:致艾琳、比尔和女儿们,祝你们全家节日快乐。

"我希望你对她们表示了感谢。"艾琳说。

"那还用说。"弗隆把信封搓成一团,扔进了煤桶。

"你怎么不太高兴?"艾琳拿起贺卡,放在壁炉台上,跟她的其他东西放在一起。

"没什么,"弗隆说,"怎么了?"

"好吧,那就快把衣服换掉,不然你要害

得我们第二场弥撒也迟到了。"

弗隆走到后面的厕所，拿起肥皂，在脸盆旁慢慢地涂抹双手，然后洗了脸，开始刮胡子。有时候刀片贴得太紧，把喉咙划开一道口子。他看着镜子里自己的眼睛、头发的发缝，还有眉毛，似乎自从上次照镜子后，两道眉毛靠得更近了。他用力地擦洗指甲，想把嵌在里面的煤灰洗掉。他带着一种新的不情愿换上星期日的衣服，跟着艾琳和女儿们朝小礼拜堂走去，感觉人行道很陡，有些地方还很滑。

"你们有零钱投进募捐箱吗？"他们走进小礼拜堂的院子时，艾琳微笑着问女儿们，"还是你们的爸爸把钱都送了人？"

"没必要说这种刻薄话，"弗隆尖锐地说，"你钱包里的钱不够用一天的吗？"

艾琳的笑容消失了，脸上露出惊讶的表情。她慢慢地掏出钱包，拿出十便士递给几个女儿。

在门廊里,他们在大理石圣坛前为自己祝福,把手指浸在圣坛里,在水面撩起波纹,然后穿过那道双开门走进去。他们上了通道,弗隆在靠近门口的地方站住了,注视着她们按照被教导的方式轻松自如地行屈膝礼,坐在了长凳上,琼一直走到前面唱诗班的座位,行了个屈膝礼,跪了下来。

一些戴头巾的妇女不出声地念着祷告,用拇指转动念珠。农庄大户和商人们穿着羊毛和花呢衣服,散发着肥皂和香水的气味儿,大步走到前面,放下了跪椅的铰链。年长的人悄悄走进来,摘下帽子,熟练地用手指画着十字。一个新婚的年轻男子红着脸走到礼拜堂中央,跟他的新婚妻子坐在一起。爱说闲话的人逗留在通道边缘,仔细观察,看有没有新上衣、新发型,有没有人跛脚,有没有任何不寻常的迹象。兽医道尔蒂吊着胳膊经过的时候,他们互相捅一捅,交头接耳;当生了三胞胎的女邮政局局长戴着一顶绿色天鹅绒帽子经过的时候,他们的反应更强烈了。钥匙拿给小孩子玩,让他们自娱自乐,还有橡皮奶嘴。一个婴儿被抱了出去,哭得上气不接下气,拼命想挣脱母亲的怀抱。香烟的烟雾和阵阵笑声从外面的门廊飘进来,有些人总是待在那儿,直到听见弥撒开始的铃声。

过了一会儿,教音乐的卡梅尔修女坐在风琴前,开始弹奏。除了那些年老体弱的人,大家都站了起来。祭台侍童领着教区牧师走了出来,牧师的紫色袍子飘在身后,绕着他的脚边摆荡。

慢慢地,牧师背对会众施了礼,然后在圣坛旁坐下,张开双臂,开始说道:

"以圣父、圣子、圣灵之名。愿我们主耶稣基督的恩典、上帝的爱,和圣灵的感动,与你们同在。"

"也与你同在。"会众附和道。

那天的弥撒感觉很漫长。弗隆没有怎么

仔细听,他心不在焉,看着晨光透过彩色玻璃窗照进来。布道的时候,他的目光扫过"耶稣受难经过":耶稣背起十字架并倒下,见到他的母亲和耶路撒冷的妇女,又倒下两次,然后被剥去衣服,被钉在十字架上,死去,被放进坟墓。等祝圣仪式结束,到了上前领圣餐的时候,弗隆却反常地站在原地不动,背靠着墙。

*

那个星期天的晚些时候,他们回到家,吃完配花椰菜和洋葱酱的羊排后,弗隆竖起了圣诞树,然后坐在雷伯恩烤炉边,看着女孩们布置彩灯,挂装饰品,把带浆果的冬青树枝摆在相框后面和梳妆台上。他感觉自己有点像个老人,把女儿们递给他的断了线的小饰品重新穿好。当圣诞树装饰完毕,所有的彩灯都通了电、亮起来的时候,格蕾丝拿起手风琴,想要拉一首《铃儿响叮当》。希拉打开电视,躺在长沙发上,看一集《万物生灵》。弗隆希望艾琳能坐下来,可是她刚洗完碗碟,就拿出了面粉和代尔夫特陶碗,说他们应该做肉馅饼、给蛋糕撒糖霜了。凯萨琳揉了面团并把它擀开。然后,洛蕾塔用一个倒扣的玻璃杯切出圆面片,艾琳和琼分离蛋黄蛋白,搅拌蛋白,筛出糖霜。圣诞蛋糕上已经裹了杏仁蛋白糖,这时被拿出来放在银色木板上,希拉为手风琴的事跟格蕾丝吵了起来,说该轮到她拉琴了。

弗隆站起来,从棚子里取出无烟煤,把煤桶装满,又把木柴搬进来,然后拿起扫帚开始扫地。

"你非得现在扫吗?"艾琳说,"我们要给蛋糕撒糖霜呢。"

他把从地上扫起的灰尘、泥土、冬青叶和松木片扔进烤炉,炉火噼啪作响,发出一声震耳的爆裂。他觉得房间好像在缩小;墙纸上那些重复的、无意义的图案出现在他眼前。一种想要离开的渴望涌上心头,他想象着自己穿着旧衣服,独自走在黑暗的田野上。

到了六点钟,电视上传来祈祷钟声,接着是新闻,几十个肉馅饼在铁丝架上冷却,圣诞蛋糕上的糖霜在凝结,一个小小的塑料圣诞老人站在几乎齐膝深的糖霜里,周围是几只驯鹿。弗隆听了天气预报,往外看了看,看到了街灯,他再也坐不住了。

"我想去看看内德,"他说,"如果现在不去,就没时间去看他了。"

"你就是因为这个苦闷吗?"

"艾琳,我没有苦闷。"弗隆叹了口气。"你不是说内德身体不好吗?"

"那就把这些带给他吧,"她说着,用牛皮纸包起六个肉馅饼,"叫他圣诞节期间过来串串门。"

"我肯定会的。"

"如果他愿意,欢迎他圣诞节当天过来一

起吃饭。"

"你不介意吗?"

"不是已经一屋子人了吗?多一个怕什么?"

弗隆仿佛松了口气,穿上大衣,向煤场走去。到了外面,看到河流,看到他呼吸喷出的团团白雾,感觉十分惬意。码头上,一群亮闪闪的大海鸥飘了进来,从他身边飞过,可能是去关闭的造船厂里徒劳地觅食。他隐约希望这是星期一的早晨,他可以埋头在路上开车,让自己陷在普通工作日的模式里。星期天会让人感觉很疲惫,很别扭。他为什么不能像其他男人一样轻松地享受星期天呢?他们做完弥撒后会灌下一两杯酒,吃完一盘食物,拿着报纸在火炉边睡上一觉。

多年前的一个星期天,威尔逊夫人还活着,弗隆去了那座大房子。当时他结婚没多久——凯萨琳还在婴儿车里。在晴朗的星期天,弗隆习惯吃过午饭后骑自行车过去看看。

那天下午，威尔逊夫人不在家，厨房里，内德拿着一瓶烈性啤酒，在炉火边抽烟。他像往常一样向弗隆表示欢迎，很快就开始回忆弗隆小时候被抱进家里的情景，回忆威尔逊夫人每天都下来看看躺在摇篮里的他。"她从没后悔过，"他说，"也没说过你一句坏话，或者欺负过你母亲。工钱虽然不多，但我们在这里有像样的房子住，也从来没有饿着肚子上床睡觉。我在这里只有一间小屋，但我进屋时从来没有发现我的东西被翻动过。我住的那间小屋，不比我自己想要的房子差——只要我愿意，大半夜也能爬起来饱餐一顿。有多少人能夸这个口？

"可是有一次，我做了一件可怕的事。而且做了不止一次。那时候你刚学会走路，这里还有另外一个男人，早上跟我一起挤奶。他有一头驴，驴没有草吃，在饿肚子，他就问我能不能天黑后在小巷子尽头跟他碰面，给他带一袋干草。那是一个难熬的冬天，是我们知道的最艰难的冬天之一,我答应了他。于是我每天晚上都装满一袋干草,天黑以后,在小巷子尽头开着杜鹃花的地方跟他见面。这样持续了好长一段时间,可是有一天晚上,我走在小巷子里时,一个没有人样、没有双手的丑东西从沟里爬出来,挡在了我面前——从那以后,我就不再偷威尔逊夫人的干草了。现在想起来还懊悔得不行,这件事我从来没有告诉过别人,只在忏悔箱里讲过。"

那天晚上,弗隆待到很晚,喝了两小瓶烈性啤酒,最后,他问内德知不知道他父亲是谁。内德告诉他,他母亲从来没有说过,但是在弗隆出生之前的那个夏天,家里来过许多客人。都是威尔逊家族的重要亲戚和他们的朋友,从英国来的,个个相貌堂堂。他们经常租一条船到巴罗河去钓鲑鱼。所以,谁知道他母亲投入了谁的怀抱呢?

"只有上帝知道。"他说,"但结果不是都

挺好的吗？你不是起初在这儿过得很体面，现在也发展得不错嘛。"

弗隆离开前，内德沏了茶，拿起六角风琴，拉了几首曲子，然后他放下风琴，闭上眼睛，唱起了《推平头的小伙子》①。这首歌和他唱歌的样子，让弗隆脖子后面的汗毛都竖了起来，他无法离去，只能问内德愿不愿意再唱一遍。

此刻，驱车在林荫道上，那些老橡树和酸橙树看上去高大而荒凉。车灯扫过白嘴鸦和它们搭建的鸟巢时，弗隆心里一动，扭头看去，他看到那座房子刚刚粉刷过，正面房间的灯都亮着，客厅的窗口展示着圣诞树，这是以前从没有过的。

慢慢地，他把车开到后面，停在院子里，关掉了引擎。他内心隐约不愿走近那座房子，也不愿跟人说话，但他还是下了车，走过鹅

---

① 《推平头的小伙子》(*The Croppy Boy*)是一首颂扬爱尔兰民族主义者的著名歌曲。

卵石小路，敲了敲后门。他站在那里听了一两分钟，又敲了敲门——这时一条狗叫了起来，院子里的灯亮了。一个女人打开门，用浓重的恩尼斯科西口音跟他打了招呼。弗隆解释说，他是来看内德的，女人告诉他，内德已经不在这里了，两个星期前他得了肺炎，住进了医院，目前在一家疗养院康复。

"具体在哪儿？"

"我不太清楚，"她说，"你想跟威尔逊家的人说话吗？他们还没有坐下来吃晚饭。"

"啊，不了。我不想打扰他们，"弗隆说，"我这就走吧。"

"很容易看出你们是亲戚。"

"什么？"

"我一眼就看出你们长得很像，"她说，"内德是你的叔叔吧？"

弗隆不知道怎么回答，他摇摇头，朝她身后的厨房望去，厨房的地板上已经铺了亚麻油地毡。他又看了看碗柜，和过去没什么两样，依然摆着蓝色水壶和盛菜的盘子。

"你真的不希望我告诉他们你来了吗？"她说，"我相信他们不会介意的。"

他能感觉到，她对门一直敞开着有些恼火，他把寒气放进去了。

"啊，我不进去了。"他说，"我还要赶路，不过还是谢谢你。麻烦你告诉他们比尔·弗隆来过，祝他们圣诞快乐，好吗？"

"没问题，"她说，"节日快乐。"

"节日快乐。"

她关上门时，弗隆看了看破旧的花岗岩台阶，抬脚迈了过去，然后转身去看院子里的东西：马厩、干草棚、牛棚、马槽、通向果园的铁门——他以前经常在果园里玩耍、通往谷仓阁楼的台阶，以及母亲摔倒并丧命的那条鹅卵石路。

没等他回到卡车上关上车门，院子里的灯就灭了，一种空虚的感觉袭上他的心头。他坐了一会儿，看着风吹过光秃秃的树梢，那些摇摇晃晃的树枝比烟囱还高，然后他伸过手，从牛皮纸袋里拿出一个肉馅饼吃掉。他一定是在那里坐了半个多小时，反复琢磨刚才屋里那个女人关于容貌相像的话，让它刺激自己的头脑。有时候陌生人才能点破真相。

过了一会儿，楼上的窗帘动了一下，一个孩子探出头来。弗隆伸手抓住车钥匙，发动了引擎。他把车开回路上，把新的烦恼抛到一边，又想起了修道院里的那个姑娘。最让他感到难过的不是她被关在煤棚里，也不是院长的态度；最让他感到难过的是姑娘被人控制着，而他当时就在场，竟然听之任之，没有过问一下她的孩子——那是她曾拜托过他的事——他收下了钱，离开了她，她面前的餐桌上什么也没有，小小的羊毛衫下，乳房在漏奶，浸湿了她的胸衣，而他，像个伪君子似的自顾自去做弥撒了。

七

平安夜，弗隆心里百般不愿意参与进去。好几天来，他胸口一直堆积着硬邦邦的块垒，但他还是像往常一样穿好衣服，喝了一杯热乎乎的感冒药，然后走到了煤场。工人们已经到了，站在门外，对着双手哈气，在寒风中跺脚，互相聊天。他留下来的每个工人都很正派，不喜欢靠在铁锹上偷懒，也不喜欢发牢骚。威尔逊夫人过去常说，要激发别人的最大优点，就必须始终善待他们。此刻，他庆幸自己总在圣诞节带着女儿们去两个墓地，在威尔逊夫人和他母亲的墓碑前摆放花圈，他庆幸自己这样调教了她们。

弗隆向工人们道了早安，打开大门，他例行公事地检查了院子、货物和记事簿，然后坐到了方向盘后。发动卡车时，排气管里喷出一股黑烟。卡车开出公路，吭哧吭哧地往山上爬，弗隆知道引擎快熄火了，艾琳心心念念要把房子正面的窗户换成新的，估计明年装不上，后年也装不上了。

在乡下的有些人家，人们显然是度日如年；至少六七次，有人把他拉到一边，小声央求欠款能否再宽限一些日子。在另一些人家，他勉为其难地加入有一搭没一搭的节日寒暄，感谢人们的贺卡和他们的礼物：一罐翡翠糖果、花街巧克力，一袋防风草、煮苹果，一瓶布里斯托尔奶油雪利酒、黑塔葡萄酒，一件没穿过的灯芯绒女童夹克。一个新教徒男人把一张五英镑的钞票塞进他手里，祝他圣诞快乐，说自己的儿媳妇刚生下了一个男孩。在不止一户人家，放学后的孩子们跑出来迎接他，好像他是背上扛着一袋煤的圣诞老人。弗隆好几次停下来,把一袋木柴放在那些有钱时照顾过他生意的人家门口。有一次,一个小男孩跑到卡车旁捡了一块煤,但他的姐姐出来打了他一巴掌,叫他放下,煤很脏。

"滚,"男孩说,"你怎么不滚。"

女孩大大方方地递给弗隆一张圣诞卡。

"我们知道你会来,"她说,"这样就不用把贺卡寄出去了。妈妈以前总说你是个绅士。"

善良的人还是有的,弗隆在驱车返回镇子的路上提醒自己;关键是要学会在付出与回报之间找到平衡,这样就能够与别人融洽相处,同时也让自己感觉舒服。可是,这个想法刚一冒出来,他就知道这么想本身有点得天独厚的意思,他问自己为什么没有把一些人家送给他的糖果和其他东西,送给他在别处见到的那些不太富裕的人。圣诞节总是能把人们最好和最坏的一面都展现出来。

回到煤场时，祈祷钟声早就敲响了，但工人们精神头很足，还在清理、收拾和打扫，冲洗水泥地，互相开着玩笑。弗隆清点了煤场的货，在本子上做了记录，然后锁上简易房，用麻袋罩住卡车的引擎盖，以防遇到人们所担忧的恶劣天气。他们轮流在水龙头边搓洗双手，冲掉靴子上的黑煤灰。最后，弗隆从卡车上取下大衣，锁上了煤场大门。

那天他们在基欧餐厅吃晚饭是由煤场买单。基欧太太系着一条新的节日围裙，在几张桌子旁来回穿梭，给大家添加肉卤和土豆泥、雪利酒松糕、圣诞布丁和奶油。男人们不慌不忙地吃完，然后坐着不走，靠在椅背上，喝几杯黑啤酒和淡啤酒，互相递烟，用基欧太太留下的红色小餐巾纸擤鼻子。弗隆不想逗留，他此刻只想回家，但还是留了下来，觉得应该在那儿闲坐一会儿，对他的工人们表示感谢，并祝他们好运，平常抽不出时间做这些事,现在弥补一下。他们已经拿到了圣诞节的奖金。他去结账前,跟他们挨个儿握了握手。

"你一定累坏了,"他过去付钱时,基欧太太说,"从早到晚,每天都这样。"

"你也不轻松,基欧太太。"

"戴王冠就得承受重量嘛。"她笑着说。

她在整理剩饭剩菜,把肉卤从小铁盘倒进一个平底锅,把肉泥刮出来。

"这段时间忙得够呛,"弗隆说,"我们真该放几天假了。"

"作为一个男人,"她说,"放几天假是什么感觉?"她发出一声更刺耳的大笑,在围裙上擦了擦手,把这笔账单输入收款机。

弗隆把钞票递给她,她接过去放进抽屉,然后拿着找零从柜台后面走出来,背对着那些餐桌,站在他面前。

"如果我说错了,你尽管纠正我,比尔——我听说你在山上的修道院里跟那个女人起了争执？"

弗隆用手紧紧攥住零钱，垂下眼睛望着踢脚板。他的目光顺着墙根一直望到墙角。

"算不上争执吧，但有一天早上我确实去了山上。"

"说实在的，这不关我的事，但是你知道，对于那里的事情，你说话可得留点神。跟敌人保持关系，身边有恶狗，好狗就不会咬人。你自己也知道。"

他低头看着棕色地毯上相互交错的黑色环行图案。

"别往心里去，比尔，"她摸了摸他的袖子说，"就像我刚才说的，这不关我的事，但你必须知道，这些修女什么事都要插一手。"

他往后退一步，面对着她："她们的权力当然都是我们给她们的吧，基欧太太？"

"这我可不敢肯定。"她停顿了一下，看着他，就像非常务实的女人有时看着男人那样，似乎他们根本不是男人，而是愚蠢的小男孩。不止一次，甚至不止几次，艾琳也曾这样看着他。

"你别介意我这么说，"她说，"但你跟我一样，也是靠辛苦打拼才有了现在的一切。你养育了几个漂亮的女儿——你也知道，那地方跟圣玛格丽特学校只隔着一道墙。"

弗隆没有生气，语气缓和下来："我知道，基欧太太。"

"这附近的女孩子，没上过那所学校而又能有点出息的，我一只手都数得过来。"她说着，摊开了手掌。

"我相信这是实话。"

"它们属于不同的团体，"她接着说，"但是相信我，那两家其实是一回事。你反对了一头，肯定也会损害你在另一头的机会。"

"谢谢你，基欧太太。非常感谢你说了这些。"

"圣诞快乐，比尔。"

"节日快乐。"弗隆说，把她给的零钱又

塞回到她手里。

*

他出来时,天正在下雪。雪花从天空中飘下来,落在小镇和小镇周围。他站在那里,低头看着自己的裤管和靴子尖,然后把帽子紧紧戴在头上,扣好大衣的纽扣。有一段时间,他只是双手深深插在口袋里,沿着码头往前走,想着别人对他说的话,看着河水暗幽幽地流淌,吮吸着雪花。现在来到户外,他觉得自在多了,又完成了一年的工作,暂时没有什么其他要紧的事。那种必须去办一件事、必须回家的紧迫感正在消失。他几乎是漫不经心地转到了镇上的灯光下,那长长的、弯弯曲曲的一串串彩色灯泡。音乐从扬声器里传出,一个男孩用高亢的、不间断的声音唱着:"啊,神圣的夜晚,星星在闪耀。"经过镇政厅外的那棵树时,他的脚绊在铺路石上，差点儿摔倒。他发现他在暗暗责怪基欧太太，她让他喝了一杯热威士忌治疗感冒，还给了他一大碗雪利蛋糕。他不时地停下来，看看店铺的门脸，看看那些商品，那些弯曲缠绕的彩带，那么多闪闪发光的东西：沃特福德水晶锅、成套的不锈钢餐具、喝茶用的瓷器、香水、洗礼杯。

在弗里斯托小店，他的目光停留在黑色的天鹅绒垫子上，上面陈列着订婚戒指和结婚戒指，以及金表和银表。一条假胳膊上套着一些手镯——还有挂坠盒、链子和项链。

在斯塔福德的百年老店里，他像孩子一样盯着曲棍球棍、投掷球、装在网子里的玻璃弹珠、玩具兵、橡皮泥、乐高、跳棋和象棋，盯着一些永远不会过时的东西。两个穿着褶边连衣裙的洋娃娃，直僵僵地坐着，伸着胳膊，手指几乎碰到玻璃窗，好像希望被人抱起。他走进店里，问斯坦福德夫人有没有五百片的农场拼图，她说店里现在只有小孩子玩的拼图，难度大的拼图几乎没有人需要了，然后问要不要帮他挑一件别的东西。弗隆摇了摇头，但买了一袋挂在她脑袋后面一个钩子上的柠檬果冻，因为他不愿意两手空空地走出店门。

在乔伊斯家具店，他在一面待售的穿衣镜里看到了自己的样子，便决定去理发店理个发。他往店里一看，已经排了很长的队，但他还是推开门，一个小铃铛立刻响了起来。他在长凳的一头坐下排队，身边是一个不认识的红头发男人和四个跟他长得很像的红头发男孩。辛诺特喝了不少酒，坐在椅子上，理发师站在他身边，把他后脑勺和两侧的头发剪短。理发师朝镜子里的弗隆严肃地点点头，继续剪了一会儿，然后放下剪刀，掸去辛诺特脖子后面的碎发，又把烟灰缸倒空。烟头落进桶里时，一些头发被烧焦，散发出煳味儿。弗隆想着艾琳听到的理发师儿子的事情，那个年轻的电工，被诊断为绝症，活不了多久了。这时，几个男人开始闲聊，还说了几个粗俗的笑话，因为有孩子在旁边，他们对黄段子做了些掩饰。

弗隆发现自己并没有跟他们一起聊天，而是落得清静，兀自思考和想象别的事情。有一刻，店里又进来几个顾客，弗隆在长凳上移动，挪到了镜子前面，他直视着镜子里的自己，寻找和内德相似的地方。他既能看见，又看不见。也许威尔逊家的那个女人搞错了，以为他们是亲戚，凭空幻想出几分相似之处。但是这似乎不可能，他不禁想起了在自己母亲去世后内德是如何情绪低落，想起了他们总是一起去做弥撒、一起吃饭、一起在炉火边聊到深夜，这说明了什么呢？如果这是事实，那么内德每天都在做善事，让弗隆相信自己出身于更高贵的家族，并且这些年来一直关注着他。

就是这个男人给他擦皮鞋、系鞋带，给他买了第一把剃须刀，教他刮胡子。为什么身边离得最近的事情往往最难看得清楚呢?

他此刻心情很放松,有了漫无边际遐想的机会,他其实倒愿意坐在这里,等待理发,他这一年的工作已经做完——当他终于理完发、付了钱、走出店门时,雪已经积得很厚,人们在他之前和之后朝两个方向走过,在小路上留下的脚印有的十分清晰,也有的不那么醒目。

在查尔斯街,他到汉拉罕小店去取他为艾琳订的漆皮鞋。那双鞋已经被放在一边。柜台后面那个衣着讲究的女人是他一位老顾客的妻子,对他的态度并不怎么热情,但还是把鞋盒拿了出来。

"你要的是六码吧?"

"六码,"弗隆说,"是的。"

"要包起来吗?"

她把两只鞋并排放在一起,把薄纸折起来,盖上盒盖。

"好的,"弗隆说,"麻烦你了。"

他看着她把鞋盒包好，从卷轴上扯出透明胶带，把冬青图案纸的边角弄出皱褶，然后把盒子塞进一个塑料袋，告诉他该付多少钱。

弗隆付了钱，离开小店。天早就黑了，他做好了上山回家的准备，却突然闻到开着的薯片店的热油味，于是走进去，买了一罐七喜，在柜台前饥渴地喝光。他发现自己又走到了河边，走向那座桥，一阵寒冷和疲惫的感觉传遍他的全身。雪还在下，虽然怯生生的，却从天空中纷纷飘落在所有的地方，他不明白为什么没有早点回到自己舒适而安全的家里——艾琳肯定已经在准备午夜弥撒，并疑惑他去了哪里——但是他这一天已被其他东西填满了。

过了桥，他低头看着河，看着流过的河水。人们说巴罗河遭到了诅咒。弗隆记不大清了，似乎跟一个修道士团体有关，在过去的日子里，他们在那里建了一座修道院，并获得了对河流征收通行费的权利。随着时间的推移，他们越来越贪婪，人们开始反抗，把他们赶出了小镇。他们离开时，修道院院长给小镇下了一道诅咒，每年都会有三个人丧命。不多不少三个人。他母亲也相信这说法有一定的道理，她曾告诉他，有一年的平安夜，她认识的一个牛贩子的卡车冲出公路，牛贩子就此丧生，是那年淹死的第三个人。她经常用结实的、长着雀斑的胳膊把他抱在怀里，用另一只胳膊转动搅乳机的把手；傍晚和内德一起挤奶时，她常常把头靠在奶牛身上，唱一两首歌，让牛奶慢慢地流淌。她偶尔也打过他，因为他顽皮，说话没规矩，或没有盖上黄油盘的盖子，但那些都只是小事。

弗隆不安地继续往前走，又想起了那个都柏林姑娘，她央求他把她带到这里来淹死，而他拒绝了她。他想起他后来怎样在小路上迷路，想起那天傍晚在雾中用钩镰砍蓟草的怪老头，想起那老头说那条路会把他带到他想去的任何地方。

他走到河对岸,继续往前,上了山,经过其他类型的房子,房子正面的屋子里点着蜡烛,摆着艳丽的红色一品红,这些房子他以前只从后门外往里看过。在其中一座房子里,一个穿夹克衫的小男孩坐在钢琴前,一个穿着漂亮的女人站在他身边聆听,手里拿着一个长柄玻璃杯。

在另一座房子里,一个愁眉苦脸的男人伏在桌前写东西,好像在做复杂的计算,想要平衡账目。在另一座房子里,一个小男孩在一块厚厚的羊毛毯上骑木马。一个穿着圣玛格丽特校服的女孩坐在天鹅绒长椅上,弗隆不明白她为何在校外还穿着校服,也许她刚刚从唱诗班练习回来。

他继续往山上走,经过灯火通明的房屋和那些街灯。在黑暗和寂静中,他在修道院外面转了一圈,打量着这个地方。后面巍峨的高墙顶上也插着碎玻璃,有些地方的碎玻璃在积雪下仍然清晰可见。里面的情况是看不到的,三楼的窗户都涂黑了,装上了金属格栅。他继续往前走,感到自己有点像一只夜行动物,正在四处觅食,血液中流淌着一种近乎兴奋的感觉。他一拐弯,看见一只黑猫正在吃一只乌鸦的尸体,吧嗒吧嗒舔着嘴唇。黑猫看到他,呆了一呆,跑进了树篱里。

他绕回到正门,轻松穿过敞开的大门,走上车道,就像人们说的,紫杉树和常青树漂亮得像一幅画,冬青灌木上挂着浆果。雪地上只有一串脚印,淡淡地朝相反方向延伸,他经过前门时,一个人影也没有见到。他走到山墙那儿,绕到煤棚的门前,奇怪的是,他突然失去了开门的欲望,但这欲望很快又回来了。于是,他拨开门闩,叫她的名字,并报出自己的名字。他在理发店里曾想象过,这扇门可能已经锁上,她可能,谢天谢地,已经不在里面,不然他就不得不抱着她走一段路了,也不知能不能抱得动,他想象过自己会怎么做,抑或什么都不做,甚至根本就不上这儿来——然而一切正和他担心的一样,但这次姑娘接过了他的大衣,并且在他带她离开时,似乎很高兴地倚靠在他身上。

"你跟我一起回家吧,萨拉。"

他很轻松地搀扶着她,顺着门前的车道,往山下走去,经过那些漂亮的房子,走向那座桥。过河时,他的目光又落在暗幽幽流淌着的漆黑的河水上——他有点羡慕巴罗河,它知道往哪里流淌,很容易就能沿着不可更改的路线,自由地流向大海。空气越发凛冽,他没有了大衣,感觉到他的自我保护意识在与勇气作斗争,他又一次考虑把姑娘送到牧师家里——但是,他的想法已经好几次跑到前面等着他,并得出了这样的结论:牧师已经知道了。基欧太太肯定告诉过他,不是吗?

那两家其实是一回事。

他们继续往前走,弗隆遇到一些他认识

的人，他和他们打过大半辈子交道，其中大多数人高兴地停下来说话，直到低头看见了一双黑乎乎的光脚，才发现跟他在一起的姑娘不是他的女儿。于是，有些人远远避开他们，或尴尬地聊上几句，或礼貌地祝他圣诞快乐，然后继续赶路。一个上了年纪的女人用一条长绳牵着遛狗，碰到他，问他这个姑娘是谁，不是洗衣房里的一个姑娘吗？还有一次，一个小男孩看着萨拉的脚，大笑着说她脏，他父亲粗暴地拉了下他的手，叫他闭嘴。肯尼小姐穿着他从没见过的旧衣服，嘴里喷着酒气，她停下来，以为萨拉是他自己的孩子，问他为什么带着一个没穿鞋的孩子在雪地里，说完她就走了。路上见到的人里没有一个跟萨拉打招呼，也没有一个询问他要带她去哪里。弗隆觉得几乎没有必要多说什么，也没有必要解释。他尽量把事情遮掩过去，继续往前走，心里怀着兴奋，同时还有恐惧，恐惧他尚未看见但知道肯定会遭遇的事情。

当他们走近小镇中心和那些圣诞彩灯时，他隐约有点想往后退，绕一条远路回家，但他鼓起勇气，继续往前走，走的是那条他平常会走的路。姑娘似乎有了点变化，很快，她就不得不停下来，在街上呕吐。

"好孩子，"弗隆鼓励她说，"吐吧。都吐干净就好了。"

到了广场上，姑娘在亮灯的马槽旁停下来休息，神情恍惚地站着，向里张望。弗隆也往里看：约瑟的鲜亮长袍，跪着的圣母，羊群。自从他上次见过之后，有人把智者和小耶稣的塑像放在了那里，但吸引姑娘注意的是那头驴，她伸出手，拂去驴耳朵上的积雪。

"真可爱。"她说。

"没多远了，"弗隆向她保证，"很快就到家了。"

他们继续往前走，又遇到了一些弗隆认

识和不认识的人,他发现自己在问:不能互相帮助,活着还有什么意义?走过这么多年,活过几十个春秋,过完整整一辈子,一次也没有鼓足勇气去反对现状,却还要自称基督徒,面对镜子里的自己,这可能吗?

和姑娘走在一起,他内心涌起了一种崭新的、不可名状的快乐,他几乎感到自己是那么轻盈和高大。难道是他最好的一面正在闪闪发光、浮出水面?他的某一部分,该叫它什么呢——有名字吗?——正在变得无法控制,他知道。事实上,他肯定要为此付出代价,但是在他平凡的一生中,从来没有体验过这样的快乐,哪怕当他第一次把襁褓中的女儿抱在怀里,听到她们健康而执拗的哭声时,也没有体验过这种快乐。

*

他想到威尔逊夫人,想到她日常所行的

善事，想到她怎样纠正他、鼓励他，想到她说过、做过，还有拒绝说、拒绝做的那些小事，想到她一定知道的秘密，而所有那些事情加起来，就构成了生活。如果不是她，他母亲很可能也会沦落到那个地方。放在更早的时候，他拯救的可能就是自己的母亲——如果这件事能被称作拯救的话。只有上帝知道他会遭遇到什么，他会是什么样的下场。

他知道，最可怕的还在后头。他已经感到隔壁那扇门后面有一大堆烦恼在等着他，但最糟糕的可能性已被抛到身后，那个可能性就是不做这件事——如果那样，他的余生都将不得不在悔恨中度过。无论他会遭到什么苦难，都远远比不上身边这个姑娘曾经遭受过的苦难。他沿着街道朝自己家的大门走去，带着这个光脚的姑娘，手里拿着鞋盒。他的恐惧压倒了其他所有的感觉，但是在他愚拙的心里，他不仅希望，而且合理地相信，他们能对付过去。

按　语

这是一部虚构作品,其内容不基于任何个人。爱尔兰最后一家抹大拉洗衣房直到一九九六年才关闭。不知有多少女孩和妇女在这些机构里被隐藏、监禁和强迫劳动。一万是个保守的数字,更准确的可能是三万。抹大拉洗衣房的大部分记录都被销毁、丢失或无法获取。这些女孩或妇女的工作很少得到任何形式的认可或承认。许多女孩和妇女失去了自己的婴儿。有些人还失去了生命。有些人或大多数人被剥夺了她们本可拥有的生活。目前尚不清楚有多少婴儿在这些机构中死亡,或从母婴之家被人收养。今年早些时候,"母婴之家委员会报告"发现,仅在调查的十八家机构中,就有九千名儿童死亡。二〇一四年,历史学家凯瑟琳·科利斯公布了她令人震惊的发现:一九二五年至一九六一年间,戈尔韦郡蒂厄姆镇的母婴之家有七百九十六名婴儿死亡。这些机构是由天主教会与爱尔兰政府共同经营和资助的。直到二〇一三年爱尔兰总理恩达·肯尼做出道歉,爱尔兰政府才对抹大拉洗衣房的事情表达了歉意。